DOFUS

SCÉNARIO DE

TOT[1]

DESSIN DE

ANCESTRAL Z[2]

ASSISTÉ DE

MOJOJOJO[3]

1... 2... 3... soufflons les bougies ! si on peut faire un vœu, c'est de pouvoir continuer la série pendant encore longtemps avec autant de plaisir ^^
En avant pour le tome 10 !

Les héros d'Amakna

▼ Galgarion

▲ Arty

SÉPARÉ DE SON GRAND-PÈRE CRAIL AU DÉBUT DE L'AVENTURE, ARTY, JEUNE BERGER FÉCA FAIT TOUT POUR LE RETROUVER. MAIS ALORS QU'IL PENSE TOUCHER AU BUT, IL DÉCOUVRE QUE CRAIL A ÉTÉ EXÉCUTÉ. BOULEVERSÉ, ARTY VA ENFIN RÉVÉLER SA VRAIE NATURE... ET LE CHANGEMENT EST MONSTRUEUSEMENT RADICAL !

▼ Clustus

Goultard ▶

DEPUIS SON APPARITION DANS LA TOUR D'HOMAR CHÉRIF, GOULTARD NE QUITTE PLUS ARTY... OU PRESQUE. CE GUERRIER IMMORTEL MÉTAPHORPHE CHIZOPHRÈNE CONNAÎT QUELQUES SAUTES D'HUMEUR SELON S'IL PREND SA FORME DE VALD, DARK VLAD OU GOULTARD. ABANDONNÉ PAR L'ENTITÉ DÉMONIAQUE QUI LE POSSÉDAIT DEPUIS DES SIÈCLES, IL SE RETROUVE MAINTENANT SEUL AVEC LUI-MÊME.

▼ Bilby

▼ MuMu

▼ Dodge

Vil Smisse ▲

XP/175

AUTREFOIS, IL FUT L'ÉLÈVE SAGE ET DISCIPLINÉ DE CRAIL. LA PATIENCE, PAR CONTRE, NE FIT JAMAIS PARTIE DE SES QUALITÉS ET C'EST EN PENSANT GAGNER DU TEMPS POUR FINIR SA FORMATION QU'IL REJOIGNIT DJAUL À BRÂKMAR.

▼ Ombrage

STORY

Résumé de l'épisode 9

Arty a enfin choisi son camp ! Il est bon et il compte le démontrer avec une mémorable séance de bourre-pif. Première victime Many, qui s'est fait calciner les bandelettes par son souffle de dragon. Victimes suivantes, les frères jumeaux démoniaques Karibd et Silar… Là, il faut quand même vous préciser qu´Arty a eu chaud aux miches… tout comme son fidèle compagnon Goultard. Trop affaibli par ce combat titanesque, ce dernier a perdu le contrôle de son démon. La chose s'est trouvée un nouvel hôte : Katar revenu d'entre les morts ! Celui-là même qui abritait la créature avant qu'il ne se fasse charcuter par Goultard… il y a quelques siècles. Retour à l'envoyeur !

La situation semble désespérée. Katar, affamé, s'apprête à dévorer le palpitant de nos chers héros. Heureusement, Arty fait appel à un pouvoir étrange et téléporte tout son petit groupe au beau milieu d'une forêt inconnue. Enfin un moment de répit ! Une bonne occasion de repartir sur de nouvelles bases… et en vie. Arty a maintenant un but bien précis. Il doit poursuivre la quête secrète de Crail son grand-père adoptif : retrouver les Dofus éparpillés aux quatre coins du monde !

XP/260

▲ Katar

PORTEUR INITIAL D'UNE MALÉDICTION QU'IL REFILA À GOULTARD IL Y A FORT LONGTEMPS. REVENU D'ENTRE LES MORTS PAR BRUMAIRE, IL LA RÉCUPÈRE GRÂCE À L'ÉTAT DE GOULTARD QUI S'EST RETROUVÉ AFFAIBLI PAR UNE CONFRONTATION AVEC LES FRÈRES KARIBD & SILAR

▲ Djaul

DJAUL EST UN DÉMON DESPOTIQUE. IL IMPOSE UN RÈGNE DE TERREUR ET SOUHAITE ÉTENDRE SON INFLUENCE SUR LE MONDE. IL A CERTAINEMENT EU UNE ENFANCE MALHEUREUSE, MAIS CELA N'EXCUSE PAS TOUT. DEPUIS QUELQUE TEMPS, RIEN NE SEMBLE POUVOIR ARRÊTER SES PLANS DÉMONIAQUES !

▲ Zombies affamés

SOMMAIRE

CHAPITRE 46

HUMAIN À NOUVEAU

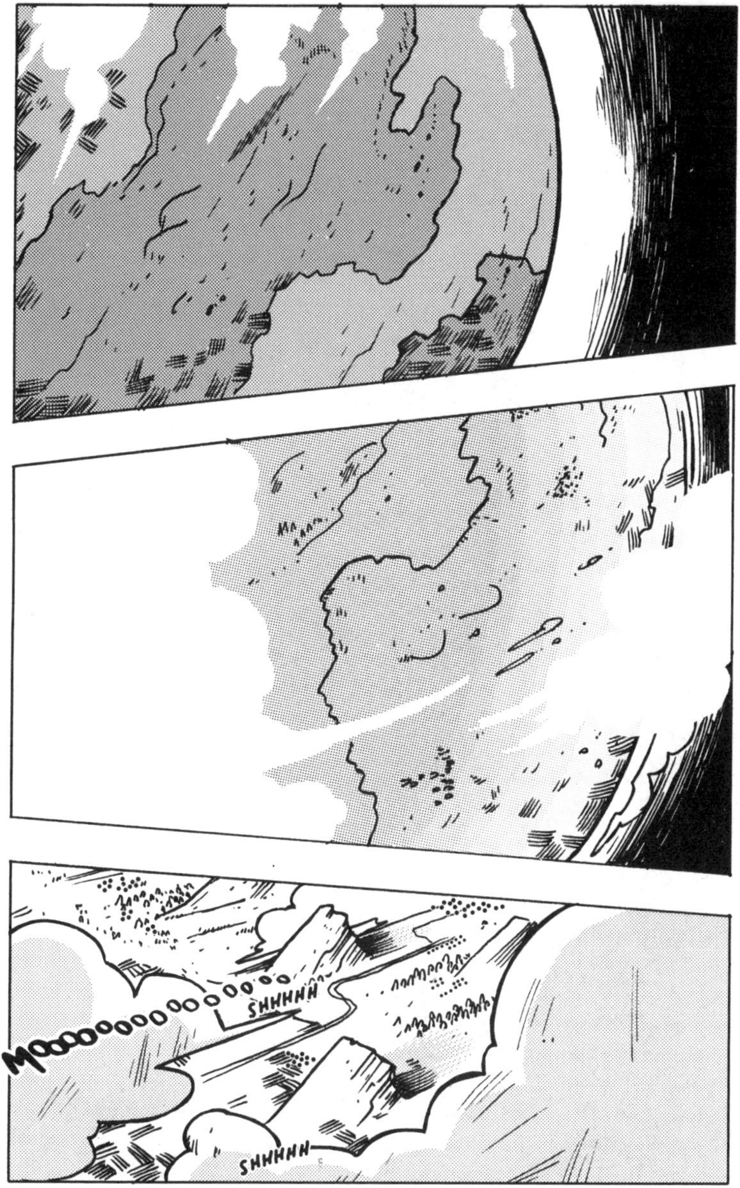
MOOOOOOOOOOOOOOOO
SHHHHH
SHHHHH

CHHHHHHHHHHHHHHHHHHHHHHHHHH
SHHHHHH

CHHHHHHHHHHHHHHHHH

QU'EST-CE QUI S'EST PASSÉ ?
ON... ON A ÉTÉ TÉLÉPORTÉS...
MANY...
ARTY S'EST SERVI DU RESTE DE MAGIE QU'IL Y AVAIT DANS LE CORP DE CE PETIT CAFARD POUR NOUS TIRER D'AFFAIRE.
BAM
JE... J'AI FAIT ÇA SANS RÉFLÉCHIR...

ÇA... C'ÉTAIT SIMPLE, J'AI JUSTE...
BUMMMM

ARTY !!!
QU'EST-CE QUI T'ARRIVE MON POTE ?
FAIS PAS L'IDIOT... ME LAISSE PAS TOUT SEUL !
CHROK

QU'EST-CE QUE JE VAIS DEVENIR SI TU ME QUITTES AUSSI ?
PLIC
PLOC
ARRGH!!
M'ABANDONNE PAS !!!

SHHHH
HHHHH
C'EST BON, C'EST PAS LA PEINE D'EN FAIRE TOUT UN PLAT.
SHH
J'AI JUSTE UN GROS COUP DE FATIGUE...
WHR
SMAK
MON PETIT POULET, J'AI BIEN CRU QUE T'ÉTAIS MORT !
KRRR
J'AI DU MAL À COMPRENDRE, IL Y A QUELQUES HEURES ILS ÉTAIENT EN TRAIN DE S'ENTRETUER...
C'EST PEUT-ÊTRE UN... TU SAIS CERTAINS HOMMES AIMENT D'AUTRES HOMMES ET...
UN GAIZE ?
VOUS VOULEZ DIRE QU'UN ÊTRE AUSSI PUISSANT SERAIT GAIZE ?
CHHHHH

VOUS ALLEZ LA FERMER, LES DEUX COMIQUES ?!
WHBAM!
MON DIEU, UN GAIZE EN COLÈRE...
C'EST IMPRESSIONNANT !
JE SUIS PAS GAIZE...
LE PROCHAIN QUI ME PARLE DE ÇA, J'EN FAIS DES ANDOUILETTES !

C'EST QUOI UN GAIZE ?
KKZiiiii
iiiiiii
CHHHHHHHHHH
JE VOUS AVAIS PRÉVENUS, DOMMAGE QUE ÇA TOMBE SUR TOI !
DUNK
DUNK
MAIS CALME-TOI GOULTARD, TU VAS FINIR PAR LE TUER...
CHOP
CHOP
LE TUER ???

PARDON ARTY !
PARDON... JE VOULAIS PAS TE TUER...
KSHHH
HHH
HHHHHHHHH
J'SUIS PAS MORT ABRUTI, JUSTE UN PEU PLUS FATIGUÉ...
OH VOUS AVEZ VU ÇA ?
BLUU
BLUUU
VOUS AVEZ VU CETTE PETITE FLEUR ?
CHHHHHHHH
ELLE EST MAGNIFIQUE ...
KRRR
DIS GOULTARD, TU N'AURAIS PAS UN PROBLÈME ?

ON DIRAIT QUE TOUTES SES ÉMOTIONS SONT ACCENTUÉES ...
JE PENSE QUE TU AS MIS LE DOIGT SUR QUELQUE CHOSE D'INTÉRESSANT, GALGARION !
C'EST À CAUSE DE LA CRÉATURE QUI M'A QUITTÉ.
JE CROIS QUE JE SUIS EN TRAIN DE RÉCUPÉRER TOUS MES SENTIMENTS.
JE RESSENS TOUT AU CENTUPLE...
WH
CHT
ET...
... ET C'EST...

... DOULOUREUX !!!
WHBD!
!!
TOUT SE BOUSCULE DANS MA TÊTE...
CHAQUE SOUVENIR EST UN SUPPLICE...

MES FEMMES... MES ENFANTS...
MA... MA FAMiLLE ...
TOUS MORTS À CAUSE DE MOi !!!

JE N'AI RIEN PU FAIRE ... RIEN !
KANG
GOULTARD ...
IL A VRAIMENT PAS L'AIR DANS SON ASSIETTE, NOTRE AMI...

TOI NON PLUS D'AILLEURS.
CE QUI ME PERMET DE VOUS FAIRE UNE PROPOSITION POUR LE MOINS... INTÉRESSANTE.
CHHHHHHHH
GRAND ROI CLUSTUS !
BUMM
MÊME SI L'IDÉE VA VOUS DÉGOÛTER, JE VOUS PROPOSE DE FAIRE PAYER À CES DEUX MONSTRES LES DÉGÂTS QU'ILS ONT INFLIGÉS À BONTA !
VU LEUR PUISSANCE, CETTE OCCASION NE SE REPRÉSENTERA CERTAINEMENT JAMAIS !
TU T'ÉGARES GALGARION, TU M'IMAGINES FRAPPER UN HOMME À TERRE ?

VOUS N'AUREZ RIEN À FAIRE MON ROI, JE ME CHARGE DE TOUT !
PENSEZ AUX MALHEURS QUI SE SONT ABATTUS SUR NOS FAMILLES À CAUSE DE CES DEUX DÉGÉNÉRÉS.
IL EST DE NOTRE DEVOIR DE VENGER VOS SUJETS, MON ROI...
NON GALGARION ...
... NOTRE DEVOIR EST D'ÊTRE JUSTES ET BONS !
PAS DE TUER DES HOMMES DANS LEUR SOMMEIL.
QUELS QUE SOIENT LEURS PÉCHÉS ... PERSONNE NE MÉRITE ÇA...
CELA NE VOUS A PAS TOUJOURS ARRÊTÉ...

¡NSOLENT !
TU T'ÉGARES GALGARION, FAIS ATTENTION À CE QUE TU RACONTES !
STOMP
N'AYANT PAS DE FILS, TU SERAS AMENÉ UN JOUR À GÉRER NOTRE GRANDE CITÉ !
TU ME JUGERAS À CE MOMENT-LÀ, QUAND TU SERAS CONFRONTÉ AUX SOUCIS DE LA ROYAUTÉ !
EN ATTENDANT, JE TE DIS QUE CES DEUX-LÀ DOIVENT VIVRE, OBÉIS DONC À TON ROI POUR UNE FOIS !
Beee

BIEN ! VOS DÉSIRS SONT DES ORDRES !
HAAI
HAAI
CVIIIIII
HAAI
CVIIIIII
CVIIIII

BIEN PLUS LOIN, À BRÂKMAR...
VOILÀ QUI EST BIEN CONTRARIANT !

ILS ÉTAIENT LÀ...
... ET POUF, PLUS LÀ...
SHHHHHH
SHHH
TU LES POURSUIS, KATAR, ET TU LE RETROUVES !
DANS CE CAS, IL NE ME RESTE PLUS QU'À FILER !
WHOO!
COMMENT JE FAIS POUR BOUFFER LE CŒUR DE GOULTARD, DU COUP ?
PAS QUESTION QUE QUELQU'UN D'AUTRE QUITTE BRÂKMAR AUJOURD'HUI !
ON A BESOIN DE TOUS LES BRAS POUR REBÂTIR CE QUI A ÉTÉ DÉTRUIT.
ET SURTOUT, POUR PROTÉGER LA VILLE EN CAS D'ATTAQUE.
PARCE QUE TU TROUVES QUE J'AI UNE GUEULE DE MAÇON PEUT-ÊTRE ?

DÉBROUILLEZ-VOUS AVEC VOTRE VILLE DE MERDE...
MOI, JE VAIS OÙ IL Y A DE LA CHAIR FRAÎCHE !
FIRT
HÜÜM
VAS-Y, DIS-LE DJAUL !
J'T'AVAIS PRÉVENU QU'IL NOUS CASSERAIT LES PIEDS !
CHAIR FRAÎCHE !!!
CHAIR FRAÎCHE !!!
CHAIR FRAÎCHE !!!

WOM
EN
ROUTE...

QU'EST-CE QUE VOUS FICHEZ LÀ LES ZOMBIES ?
VOUS AVEZ LA DALLE, C'EST ÇA ?
HUURRRR
ZO!?
FAIMMM
BON O.K., VOUS POUVEZ ME SUIVRE, MAIS JE VOUS PRÉVIENS ...
JE N'ATTENDS PERSONNE !
ZWiii

JE TIENS À VOUS FÉLICITER MON ROI !
NON SEULEMENT VOUS M'AVEZ CONVAINCU D'ÉPARGNER NOS DEUX FLÉAUX...
TIP
TAP
TOP
... MAIS EN PLUS, C'EST MOI QUI DOIS LES PORTER !
QUE VEUX-TU GALGARION, ON NE DEVIENT PAS ROI SANS RAISONS !

JE ME DISAIS BIEN QUE ÇA DEMANDAIT DES COMPÉTENCES PARTICULIÈRES ...
VOUS AVEZ UNE IDÉE DE L'ENDROIT OÙ ON A ATTERRI ?
CHHHHHHHHHHH

NON, MAIS ON VA POUVOIR SE RENSEIGNER DANS CE VILLAGE !
SI L'ENDROIT NE VOUS DIT RIEN, VOUS DEVRIEZ PEUT-ÊTRE RETIRER VOTRE COURONNE...

QUEL QUE SOIT L'ENDROIT, UN ROI NE RETIRE PAS SA COURONNE, GALGARION !

GRRRRRRRRRRRRRRRR
SURTOUT SI L'ENDROIT EN QUESTION A L'AIR COMPLÈTEMENT ABANDONNÉ !
SHHHHHHH
QU'EST-CE QUI A BIEN PU SE PASSER ICI ? LES MAISONS SONT POURTANT INTACTES...
TROUVONS UNE AUBERGE, ON EN DÉBATTRA LÀ-BAS !

J'ESPÈRE QUE LE ZAAP DU VILLAGE EST RESTÉ EN BON ÉTAT.
J'AI HÂTE DE RETROUVER MA PETITE FEMME !
TAP TAP TAP
CHING CHING
CES ÉPREUVES NOUS AYANT RAPPROCHÉS, VOUS POURRIEZ PEUT-ÊTRE VENIR VOIR VOS PETITS-ENFANTS ?
CHAQUE CHOSE EN SON TEMPS, GALGARION ...
... CHAQUE CHOSE EN SON TEMPS ...
auberge et sac a dos

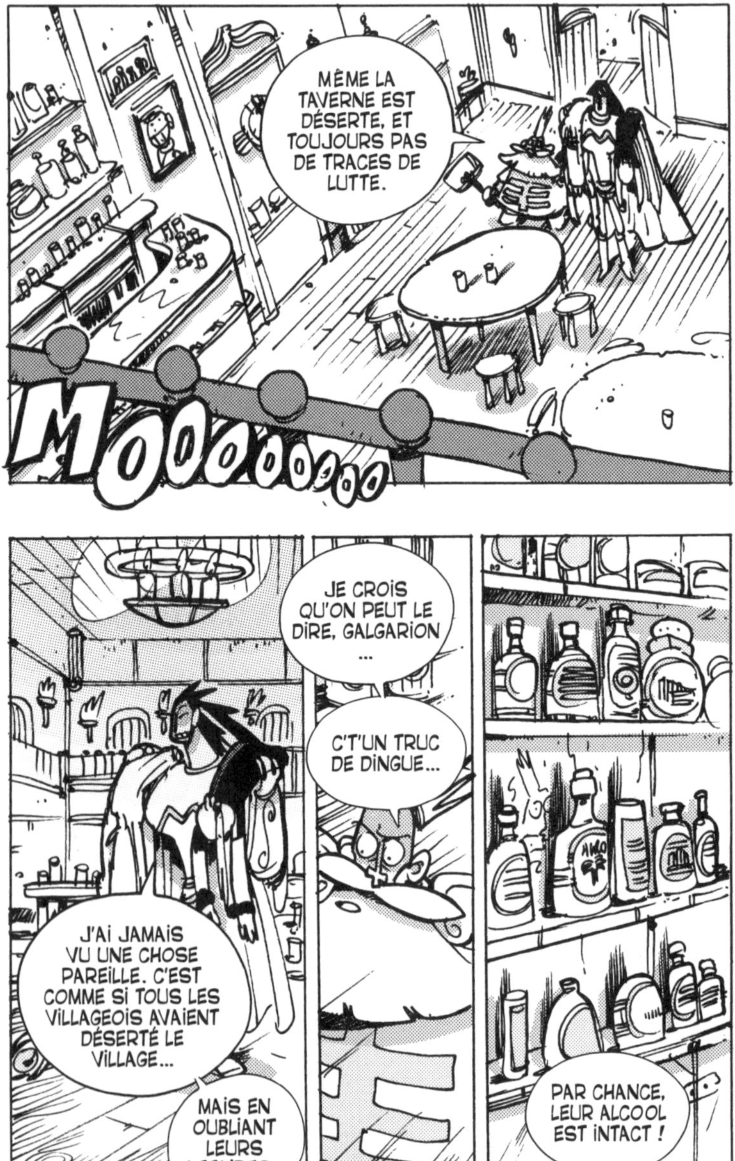
MÊME LA TAVERNE EST DÉSERTE, ET TOUJOURS PAS DE TRACES DE LUTTE.
MOOOOOOOO
J'AI JAMAIS VU UNE CHOSE PAREILLE. C'EST COMME SI TOUS LES VILLAGEOIS AVAIENT DÉSERTÉ LE VILLAGE...
MAIS EN OUBLIANT LEURS AFFAIRES...
JE CROIS QU'ON PEUT LE DIRE, GALGARION ...
C'T'UN TRUC DE DINGUE...
PAR CHANCE, LEUR ALCOOL EST INTACT !

REGARDE-MOI CE QUE JE VIENS DE RETROUVER...
UNE DAMOJE'S PEEL !
PoF
SUPER ! ÇA FAIT DES ANNÉES QUE JE N'EN AI PAS BU !
FWAP
ALLEZ LES FILLES, C'EST L'HEURE ! FINI LA SIESTE !
BRAVO... CHARMANTE IDÉE DE JETER DE L'ALCOOL SUR NOS BLESSURES !
TU VEUX QUE JE TE FASSE LA PEAU OU QUOI ?

DES GUERRIERS QUI SE SONT SACRIFIÉS POUR LEUR ROI !
JE VOUS AI RÉVEILLÉS POUR QUE NOUS TRINQUIONS EN MÉMOIRE DE NOS GUERRIERS DISPARUS !
À GARTIGAN !! ET À SA VAILLANCE SANS FAILLE !
BLURP
AH OUAIS, ÇA A L'AIR SYMPA COMME COUTUME !
LA MÊME CHOSE POUR ARTY ET MOI, ÇA PEUT PAS FAIRE DE MAL !
Brr!!!

KRiiiiiiii
KRiiiiiiii
À GARTiGAN !
SLURP
SLiiiRP
RROOLL

À LAGOYAVE, POUR SA FIABILITÉ SANS FAILLE !
À LAGOYAVE !
DUNK
SLURP
SLURP
SLURP
K-BOM

LE TOP DU TOP
THE WINNER THE TOP
MERCI À VOUS TOUS POUR AVOIR VOTÉ POUR VOTRE PERSO FAVORI ! ON RETROUVE TOUT DE SUITE VOTRE CLASSEMENT !
1 Goultard
2 Bilby
BLiii
3 Vald
C'EST QUI GOULTARD ?
4
QUATRIÈME ?! PROMIS, JE VAIS ME REFAIRE POUR LE TOME 15 !
5
QUOI ? JE NE SUIS PAS NUMÉRO UN ?! JE VAIS FAIRE UN MALHEUR !
6
7
8
9
WHAHAHA ! JE SUIS DEUX FOIS DANS LE CLASSEMENT ET ENCORE C'EST PARCE QUE VOUS N'AVEZ PAS PU VOTER POUR MA FORME DE DARK VLAD !
MILLE MERCIS À VOUS TOUS !
BIP BIP BIP
QU'EST-CE QU'IL A VOTRE AMI ? IL DEVIENT FOU !
ZZZ
1

CHAPITRE 47
PERFECT
IL FAUT SAUVER LE SOLDAT GAZGARION

fête de la bière
À VON KRAKENDORF !
UNNK
HIPS

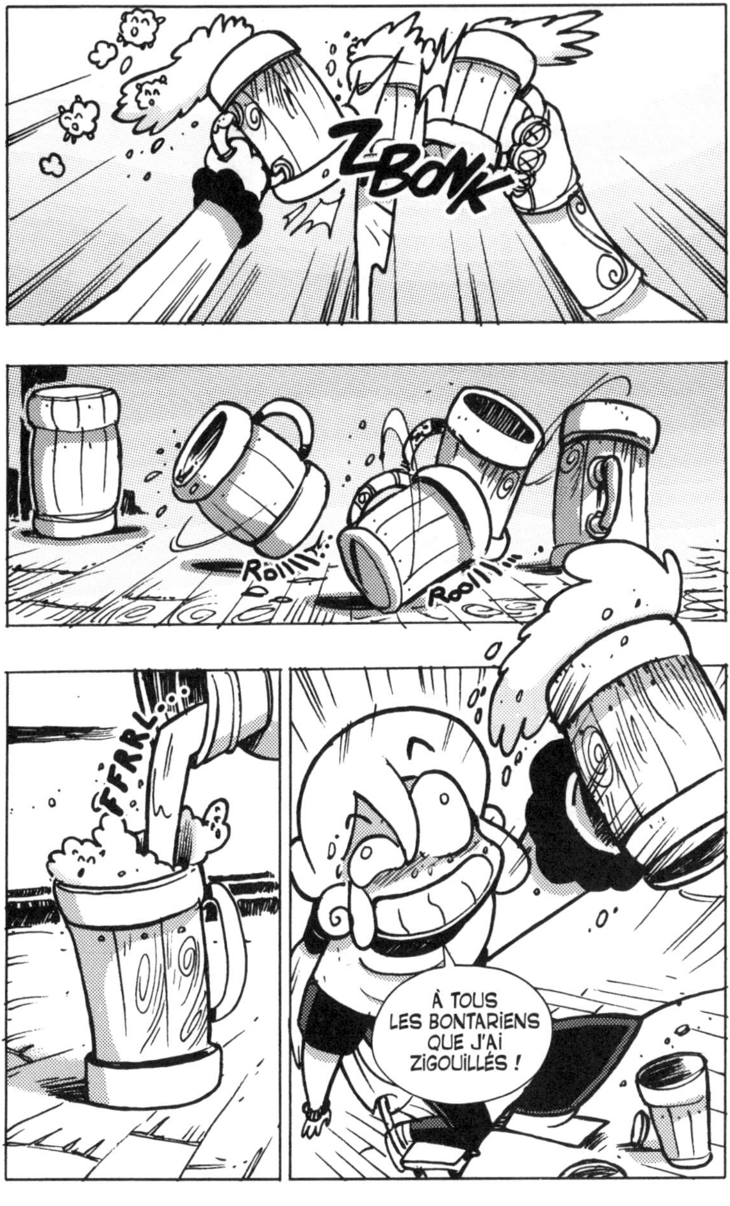
Z-BONK
ROLLL...
ROOLLL...
FFRRL...
À TOUS LES BONTARIENS QUE J'AI ZIGOUILLÉS !

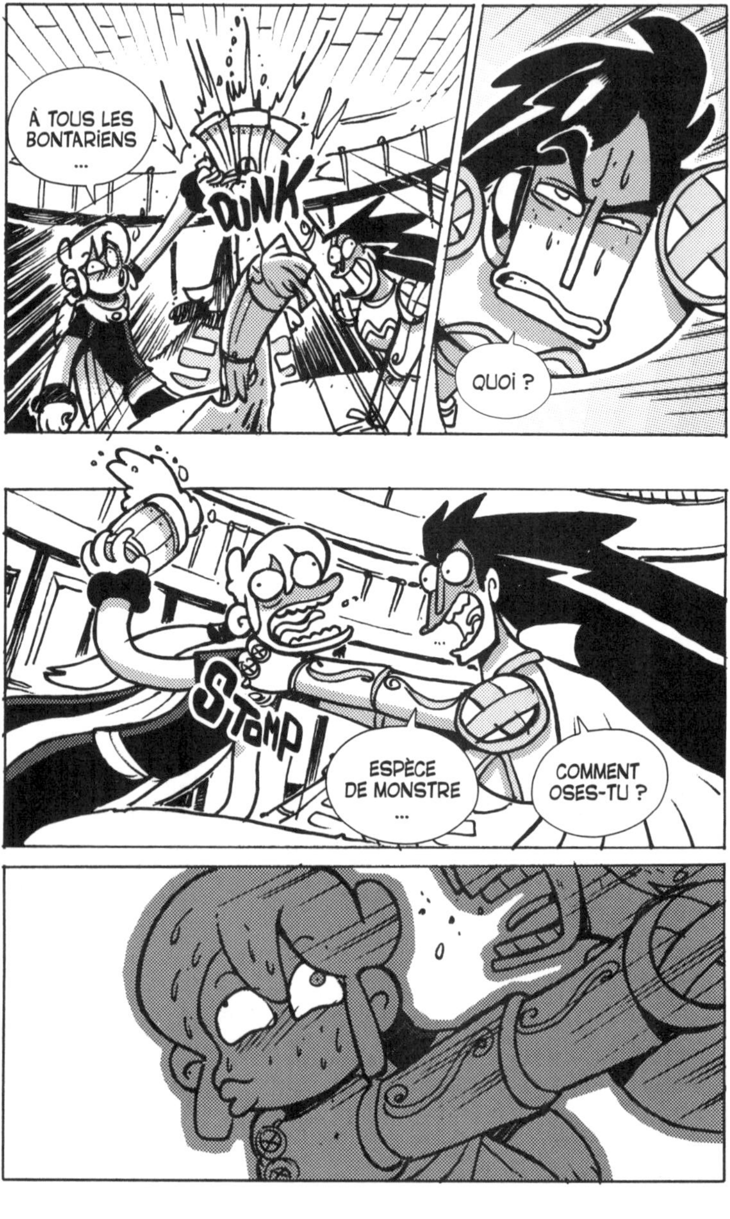
À TOUS LES BONTARIENS ...
DUNK
QUOI ?
STOMP
ESPÈCE DE MONSTRE ...
COMMENT OSES-TU ?

PERFECT
ATTENDS...
Y A QUELQUE CHOSE LÀ-BAS...
QU'EST-CE QUE TU RACONTES ?

L'ALCOOL TE RÉUSSIT PAS ARTY ...
MAIS ÇA N'EXCUSE PAS TOUT !
FAIS ATTENTION À CE QUE TU DIRAS LA PROCHAINE FOIS QUE TU L'OUVRIRAS !
C'EST BIEN MON GRAND, TU COMMENCES À AVOIR LA SAGESSE D'UN ROI !
SI J'AVAIS ÉTÉ ROI, JE L'AURAIS...
FWAP

ZOOOOOOM
QU'EST-CE QUE C'EST QUE CE TRUC ?
GALGARION !!!
QUELQU'UN OU QUELQUE CHOSE !!!
ON DIRAIT QUE QUELQU'UN LE TIENT...
OOOOOOOOOOOOOOOOM
ÇA ME TIRE !

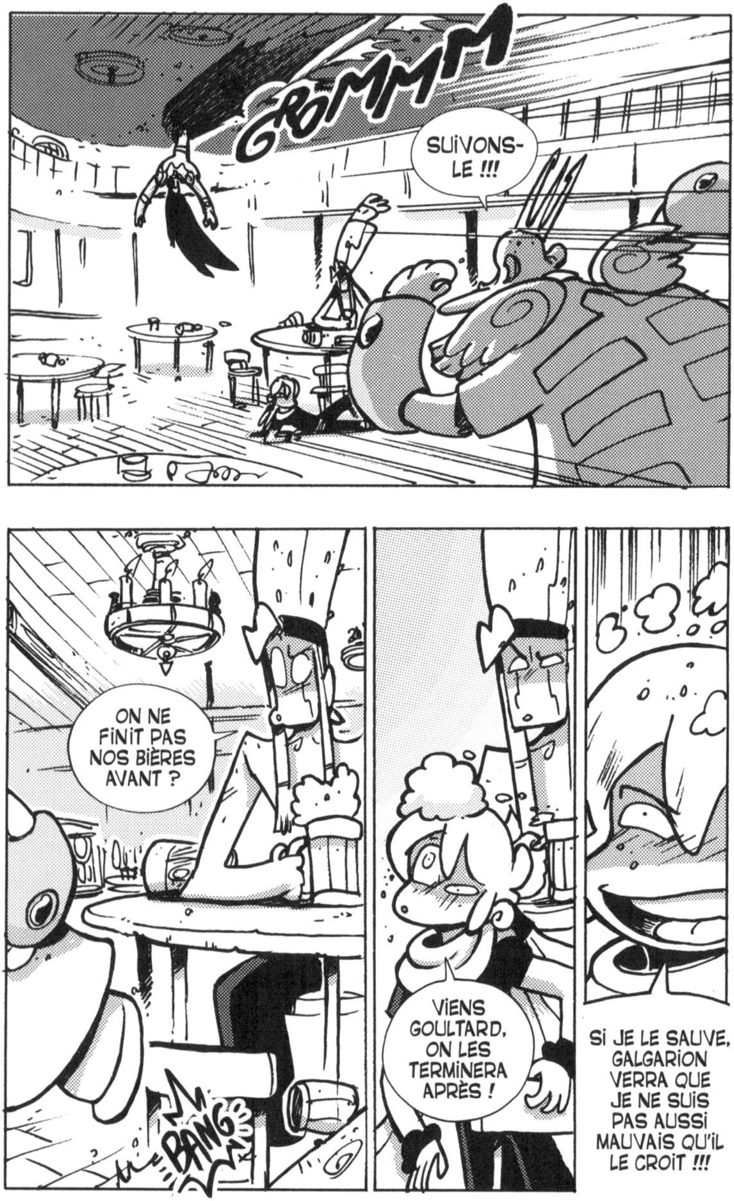
GROMMM
SUIVONS-LE !!!
ON NE FINIT PAS NOS BIÈRES AVANT ?
BANG
VIENS GOULTARD, ON LES TERMINERA APRÈS !
SI JE LE SAUVE, GALGARION VERRA QUE JE NE SUIS PAS AUSSI MAUVAIS QU'IL LE CROIT !!!

PENDANT CE TEMPS, À QUELQUES MILLIERS DE KILOMÈTRES DE LÀ !
AU PROCHAIN CROISEMENT, TOURNE À GAUCHE
O.K.
MOOOOOOOO
KRIIIIIIII

ÇA VA PAS LA TÊTE ?
SHHHHHHHHHHH
J'AURAIS PU ME FAIRE TRÈS MAL SI J'ÉTAIS TOMBÉ.
DÉSOLÉ, JE NE PRENDS PAS EN COMPTE LE RELIEF DU TERRAIN !

WH
CHT
BUMMM

HOOOOOO
C'EST PAS POSSiBLE...
QUELLE BANDE D'ABRUTiS !

MAiS BON... EN MÊME TEMPS, C'EST DRÔLE !

BOM
BOM
ILS SONT À L'ÉTAGE !!
JE NE SAIS PAS CE QUI L'A EMMENÉ, MAIS C'EST RAPIDE ET GROS !
ALLONS L'AIDER AVANT QU'IL NE SOIT TROP TARD !
IL VERRA BIEN QUE JE NE SUIS PAS MAUVAIS SI JE LUI SAUVE LA VIE !
JE NE SAIS PAS SI ÇA FERA CHANGER CETTE TÊTE DE MULE DE GALGARION, MAIS C'EST BIEN QUE LE GAMIN LE PRENNE COMME ÇA !

ILS VONT TOUS VOIR QUI JE SUIS VRAIMENT !
TAP TAP
ZWIII
HAA
ALLEZ, JUSTE UNE PETITE GOUTTE !!

LÂCHE-LE TOUT DE SUITE, SALE MONSTRE !
MONSTRE ?
T'AS VU TA TRONCHE ?!
VIENS LÀ TOI, ON VA FINIR ÇA AILLEURS !
SHHHHHHHHHHHH

REVIENS LÀ !!! RENDS-NOUS GAZGARION !
C'EST GALGARION...
CHHHHHHHHH
... PAS GAZGARION, ENFOIRÉ DE DRAGON DE MES DEUX FESSES !
EH BIEN !! ÇA DONNE ENVIE DE L'AIDER !
ASSEZ VERGÉTISER, ARTY ! IL FAUT SAUVER LE SOLDAT GALGARION !
TERGIVERSER !

QUOI ?
ON DIT TERGIVERSER, PAS VERGÉTISER !
HÉ OH, GAMIN, JE SAIS EXACTEMENT CE QUE JE DIS !
ON DIRAIT PAS...
À L'AIDE !!!
SHHHHHHHHHHHHH
LA... LA... LA FEFEN... LA FEN...

THUD
NEW GRAND HOTEL
ZZZZZ
HAHAHA... PERSONNE N'ARRÊTE ¡SLETATE LE VAMPYRE !!

WOOOOOOOOOO
ZONG
EN PLEIN DANS LA GOULE !!!
HOOOOOO

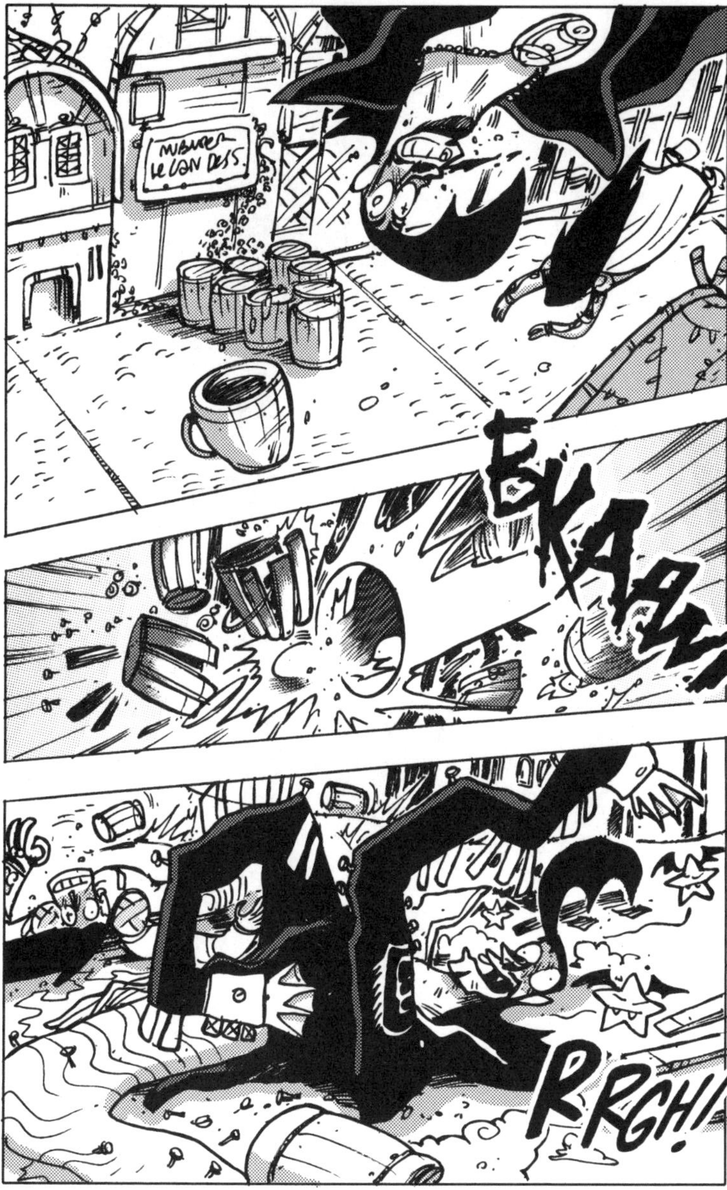
BKAZAM!
RRGH!

PRÊT, ARTY ?
QUAND VOUS VOULEZ !!!
GO !!!
HIIIM
ACK!

FWAP
BAM
Tip
Tip
Tip

BKABAM
ESPÈCE D'ENFOIRÉ...
JE VAIS TE FAIRE PASSER L'ENVIE DE KIDNAPPER !
ET ÇA VA PAS TRAÎNER !
TU VAS SOUFFRIR.
CHOP

GRRRRRRRR
MERDE, C'EST TROP LOURD !
À FORCE DE LES VOIR TOUS DÉFONCER DES VILLES, JE PERDS LA NOTION DE MES PROPRES CAPACITÉS...
AH !
ÇA DEVRAIT FAIRE L'AFFAIRE !
ON VA PEUT-ÊTRE ARRÊTER... JE COMMENCE À AVOIR MAL AUX PIEDS !
POUSSEZ-VOUS !!
Tip Tip Tip

NON...
PITIÉ !
PAS DE
PITIÉ POUR LES
RINGARDS !
WHOA

JE VAiS TOUT VOUS EXPLiQUER !
WOOOOO
JE M'EN TAMPONNE DE TES EXPLiCATiONS !
MORT AUX KiDNAPPEURS !

MOI, JE VEUX SAVOIR...
IL FAUT ABSOLUMENT QU'IL M'EXPLIQUE ...
ZWIII

D'OÙ
IL TIENT CETTE
MONSTRUEUSE
COUPE DE
CHEVEUX !
IL DOIT
AVOIR UN
COMPLEXE !
TAP
TAP
VOUS CROYEZ
QUE ÇA DURCIT
SI J'APPUIE
DESSUS ?

FWAP
ÇA SUFFIT !

UN PEU DE RESPECT !
CHHHHHHHHHHH

REGARDEZ SON VISAGE, C'EST DINGUE !

ON DIRAIT QU'IL NE S'EST PRIS AUCUN COUP !
C'EST PARCE QUE JE CICATRISE VITE.
CHHHHHHHH
MAIS ÇA NE VEUT PAS DIRE QUE JE NE SENS PAS LES COUPS !
BANDE DE TARÉS, ÇA VA PAS DE FRACASSER LES INNOCENTS COMME ÇA ?!
BANG

BAM
C'EST PAS POLI DE PARLER AUX GENS DIX MÈTRES AU-DESSUS DE LEUR TÊTE...
PAFQUE BALANFER DES FOPES DANS LA GOULE, F'EST POLI PEUT-ÊTRE ?
NON... TU...
TU AS RAISON, PARDON... JE VOULAIS PAS TE FAIRE DE MAL...

VOILÀ QUE ÇA LUI REPREND !
OH NON, IL VA PAS SE REMETTRE À FAIRE LE GAIZE...
JE VOUS AVAIS PRÉVENU D'ARRÊTER AVEC ÇA !
JE VAIS VOUS FAIRE LA PEAU !

TU VEUX PAS QUE JE TE RACONTE MON HISTOIRE AVANT ?
UNE FOIS MORT, JE NE POURRAI PLUS !
ZCRiii
ZKRiiii
WHAK
HUM...
WHDS!
O.K., MAIS J'ESPÈRE POUR TOI QUE C'EST PAS UNE HISTOIRE DE GAIZE !!!

FAMILY BOOK

CASTLE MANIAK IV
FURIAX III, LE PLUS TERRIBLE DES VAMPYRES, PASSAIT SON TEMPS À LA SERRE DANS LES CHOUX.
ARMAND LOUIS, VÉRITABLE HOMME À TOUT FAIRE, ÉTAIT SOUVENT DANS TOUTES LES PIÈCES DU CHÂTEAU EN MÊME TEMPS.
GRAND ONCLE GOUSSE D'AIR ADORAIT REGARDER LES GENS PASSER À SA FENÊTRE DU TROISIÈME...
OH YEAHH !! VIVA "LAS L'ECA" !
BALUKA III PASSAIT SON TEMPS DANS SA SALLE PERSONNELLE DE TRÉSORS, ENFIN PLUTÔT COMMUNÉMENT APPELÉE "LE FRIGO" !

CHAPITRE 48
UN COMTE À TOUT FAIRE

BOURG DES KATREPAT
POUR BIEN RACONTER MON HISTOIRE, JE DOIS REMONTER LE TEMPS ET VOUS EMMENER QUELQUES CENTAINES D'ANNÉES EN ARRIÈRE...

EN L'AN 25,
POUR ÊTRE
TOTALEMENT EXACT !
DAKE

J'HABITAIS ENCORE CHEZ PAPA À CETTE ÉPOQUE !
DANS LA FAMILLE, NOUS ÉTIONS COMTES DE PÈRE EN FILS...
À LA MORT DE SON PÈRE, MON PÈRE HÉRITA DE LA GRANDE TOUR ET Y EXERÇA SON RÔLE DE RESPONSABLE DU VILLAGE.
À L'ÉPOQUE, LES VILLAGES N'AVAIENT PAS DE MAIRE, LES PLUS FAIBLES AVAIENT POUR HABITUDE DE JURER ALLÉGEANCE À DES GENS COMME MON PÈRE.

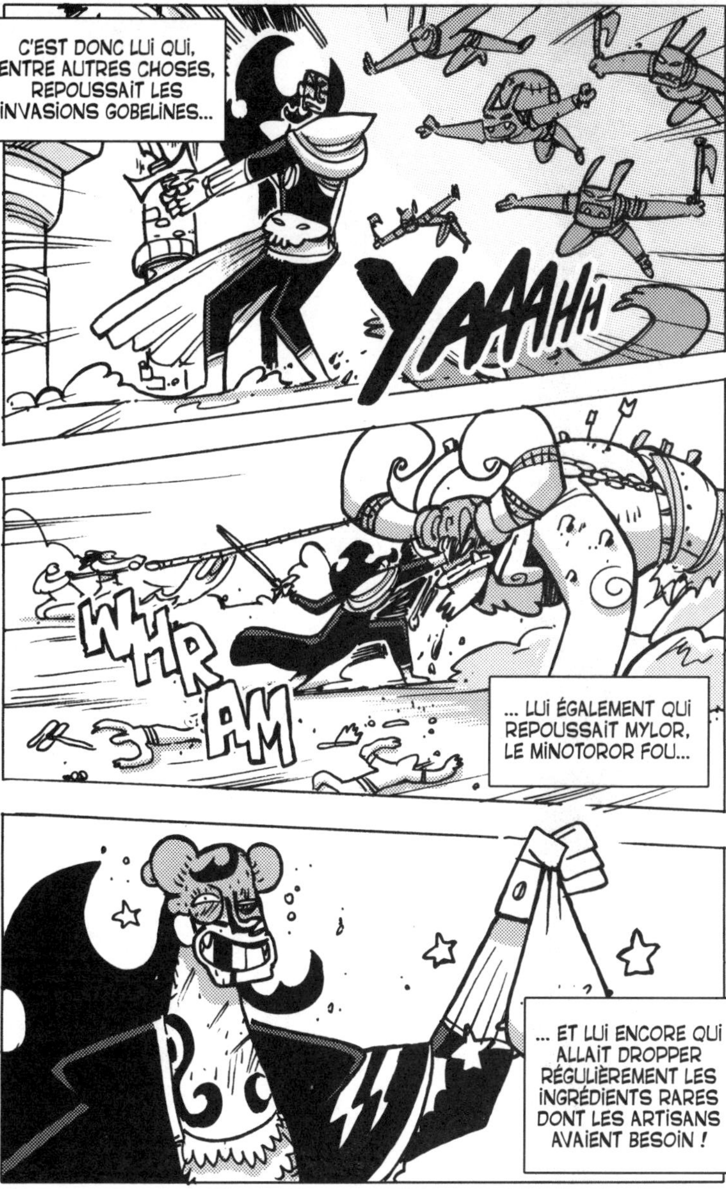
C'EST DONC LUI QUI, ENTRE AUTRES CHOSES, REPOUSSAIT LES INVASIONS GOBELINES...
YAAAHH
WHRAM
... LUI ÉGALEMENT QUI REPOUSSAIT MYLOR, LE MINOTOROR FOU...
... ET LUI ENCORE QUI ALLAIT DROPPER RÉGULIÈREMENT LES INGRÉDIENTS RARES DONT LES ARTISANS AVAIENT BESOIN !

MAIS MON PÈRE
AVAIT BEAU ÊTRE
UN GRAND HÉROS...

C'EST ÉGALEMENT LUI QUI LAVAIT LE LINGE DE TOUT LE VILLAGE...
WOOOOoOOOOOOOOO
... QUI PRÉPARAIT LES REPAS...
ALORS, ÇA VIENT CE PLAT ? JE DOIS AVOIR COUCHÉ LES GOSSES À VINGT HEURES !
ZWIII
... ASSISTAIT AUX RÉUNIONS DIPLOMATIQUES...
...
SES DÉS ÉTAIENT TRUQUÉS...

CHANGEAIT LES GOSSES ...
MASSAIT LES VILLAGEOIS...
TIP TIP TIP
LABOURAIT LES CHAMPS...
GROMMM
UNNK...
RAMENAIT L'EAU DU PUITS...
S'OCCUPAIT DES VIEUX...
JUSQU'AU JOUR OÙ IL SE RENDIT COMPTE QU'IL EN AVAIT VRAIMENT MARRE !!!
PUTAIN, ÇA COMMENCE VRAIMENT À ME CASSER LES COUILLES !

IL DÉCIDA ALORS DE CONVIER TOUS LES GENS DU VILLAGE À UN GRAND BANQUET QU'IL GÉRA TOUT SEUL !
TAP TAP TAP TAP
ÇA LUI PRIT UNE GROSSE SEMAINE !!!
FROT FROT
VOILÀ, C'EST PARFAIT !
WOUAOH !!!
C'EST MAGNIFIQUE, MAIS...

GRMF...
... IL NE ME SEMBLE PAS QU'ON AIT DEMANDÉ À FÊTER UN ANNIVERSAIRE ?!

BIENVENUE À TOUS, MES AMIS !!!

JE VOUS AI PRÉPARÉ MA SPÉCIALITÉ, LA CARBONNADE CHARMANDE !!!
SUPER...
J'ADORE ÇA !!!

JE SUIS SÛR QUE VOUS VOUS DEMANDEZ POURQUOI JE VOUS AI TOUS RÉUNIS CE SOIR ?
PAS VRAIMENT, NON !
ON S'EN COGNE !
IL VA PAS NOUS LAISSER BOUFFER TRANQUILLE, CE CON ?!
EH BIEN, C'EST SIMPLE ...
JE CRAQUE !
JE NE PEUX PLUS CONTINUER COMME ÇA !
J'EN AI PLUS QU'ASSEZ D'ÊTRE VOTRE LARBIN !

SCROK
CHOMP
GLOUMF
GRMPF
MIAM
MIAM
SCROK

TOUT CE QUE JE FAIS POUR VOUS, VOUS VOUS EN MOQUEZ ! VOUS ME TRAITEZ COMME UN MOINS QUE RIEN ALORS QUE JE SUIS VOTRE SEIGNEUR !
C'EST MAL !
AUSSI AI-JE PRIS LA DÉCISION DE PARTIR !
GLOUMF
GRMPF
MIAM
SCROK
CHO

SLUP
SLARP
GRMF
GROM
SLUP
AUSSI AI-JE PRIS LA DÉCISION DE PARTIR !
GRMF
GROM

DITES-
MOI AU MOINS
AU REVOIR !
SLURP
MIAM
GRMF
GROM
SLURP

BIEN SÛR
!
SHHHHHHHHHHHH !!

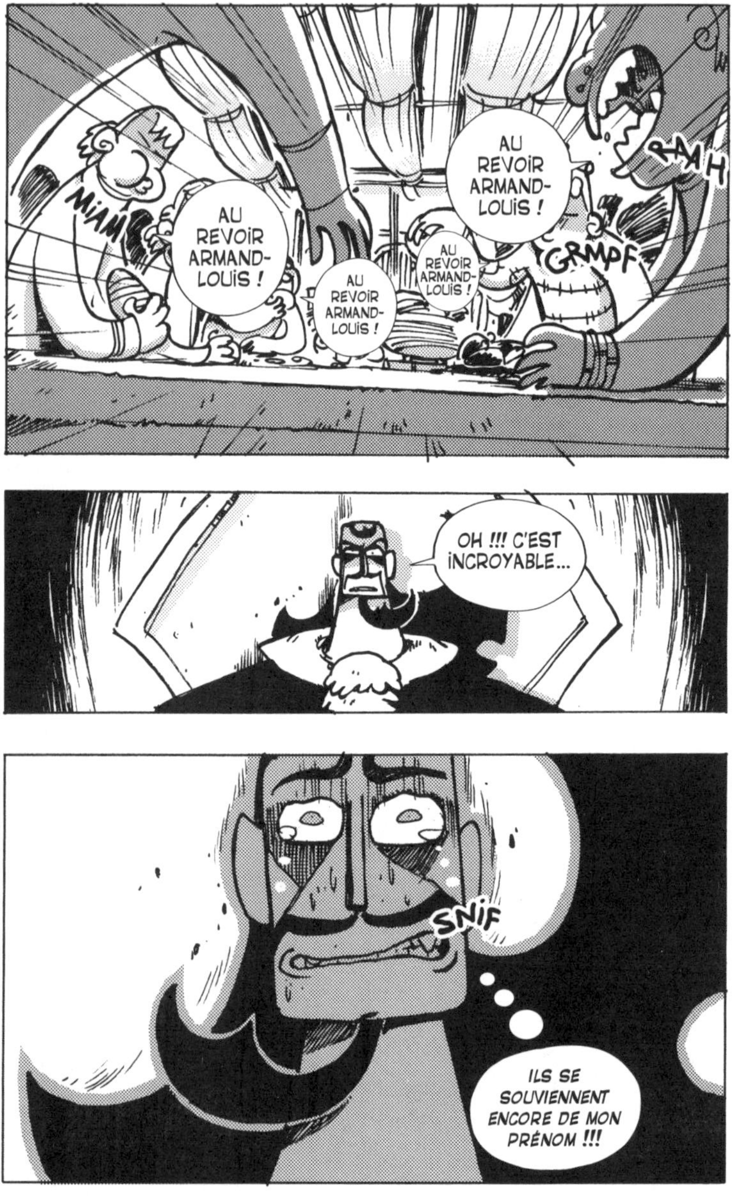
MIAM
AU REVOIR ARMAND-LOUIS !
AU REVOIR ARMAND-LOUIS !
AU REVOIR ARMAND-LOUIS !
AU REVOIR ARMAND-LOUIS !
GRMPF
RAAH
OH !!! C'EST INCROYABLE...
SNIF
ILS SE SOUVIENNENT ENCORE DE MON PRÉNOM !!!

CHOMP
MiAM
GLOP
GNN
MiAA
JE NE PEUX PAS LES ABANDONNER...
BAM
C'ÉTAIT QUOI CE CHOC ?

BUMMM
JE N'AI POURTANT OUBLIÉ PERSONNE...
BUMMM
FAITES QU'ON NE SE FASSE PAS VIOLER !
ÇA COMMENCE À FAIRE FLIPPER.

SALUT
LA COMPAGNIE !
VOUS AVEZ
L'AIR DE VOUS
AMUSER ICI !!!

LAISSEZ-MOI ME PRÉSENTER !
JE SUIS OMBRAGE !
CHHHHHHHHHHHHHHHHHHHHHHHH
DÉMONE DU CLAN DES SHUSHUS DE RUSHU !
JE SUIS ICI POUR PRENDRE LE CONTRÔLE DE CE VILLAGE ET VOUS TRANSFORMER EN GOULES !
JE N'AI JAMAIS RESSENTI AUTANT DE PUISSANCE MALSAINE CHEZ UN ÊTRE...

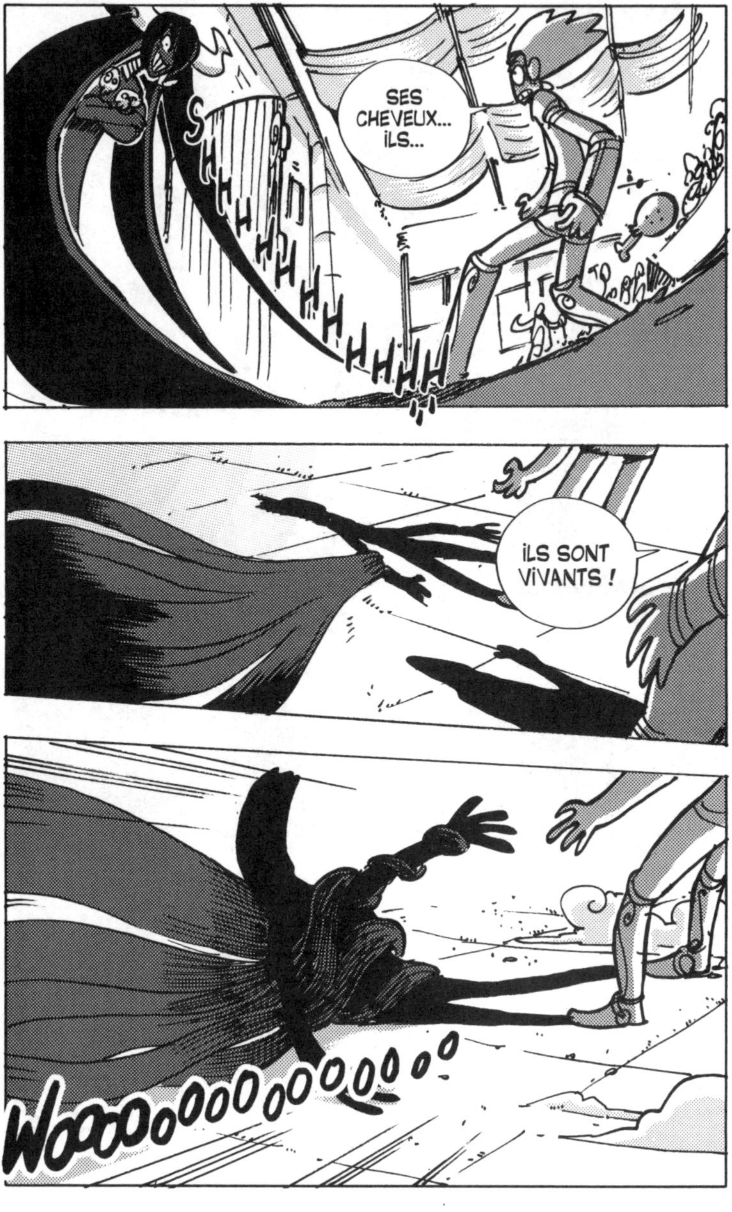
SES CHEVEUX... iLS...
SHHHHHHHHHHHHHHH
iLS SONT ViVANTS !
WOOOOOOOOOOOOOO

FWAP
ELLE A ATTRAPÉ SON OMBRE !
MIAN!
QUELLE HORREUR...

MON OMBRE, ELLE A MANGÉ MON OMBRE !
ACK !
CALME-TOI PETIT, MAMAN EST LÀ !
HRRK

VOILÀ, C'EST TOUT... TU FAIS PARTIE DE LA FAMILLE, MAINTENANT !
ET QUE DIRAIS-TU D'AVOIR PLEIN DE PETITS FRÈRES ?
HOOOOOO
MY GOD !
MOOOOOOOO

WH-CHIT
HUURRRR

ZOIK
ZIONK
WHAK

CES VILLAGEOIS...

... SONT SOUS MA PROTECTION !
TCHOOU TCHOOU

TU... TU AS...
TU AS OSÉ ME FRAPPER !
HÉ OUAIS MA GROSSE, ET T'ES PAS AU BOUT DE TES PEINES !
MES GOULES, OCCUPEZ-VOUS DE LUI ! FAITES-EN DES SASHIMIS !!
AISK

SI C'EST TOUT CE QUE TU AS À ME PROPOSER, ÇA VA VITE ÊTRE RÉGLÉ !!
C'EST PARTI !
BOM
WHOK

THOUD
WHRAM

BAAMMMM
UNNK
POF
POF

TU TE DÉBROUILLES BIEN, ARMAND-LOUIS !
MAIS QUE VAS-TU FAIRE MAINTENANT QUE TOUT LE VILLAGE EST SOUS MON CONTRÔLE ?

DONNE-MOI TON OMBRE SANS FAIRE D'HISTOIRE !
TU ES PRIS AU PIÈGE !!!
ARMAND-LOUIS PRIS AU PIÈGE ?
LAISSE-MOI RIRE !!
AAAAHH
JE VAIS SIMPLEMENT CHANGER DE PLAN...
ET M'ATTAQUER DIRECTEMENT À LA SOURCE !
BAM
BAM

AFFRONTE-MOI DÉMONE !!!
ET BATS-TOI COMME UN HOMME SI T'ES UNE FEMME !

ESPÈCE DE PETIT HUMAIN PRÉSOMPTUEUX...

WOM

WHOK
HiiiM

K-BOM
ALORS...
TU ME TROUVES TOUJOURS PRÉSOMPTUEUX ?!

CHHHHHHHH
ON S'ARRÊTE LÀ ET TU REPARS D'OÙ TU VIENS ?
TU... TU AS OSÉ ?
TU AS TOUCHÉ À MES CHEVEUX !
JE ME DISAIS BIEN QUE ÇA NE POUVAIT PAS ÊTRE AUSSI SIMPLE !
J'AURAIS PU TOUS VOUS ÉPARGNER ! TOI Y COMPRIS.
MAIS TU AS DÉPASSÉ LES BORNES !
CHOP

TOUT CE QUE JE VOULAIS, C'ÉTAIT UNE ARMÉE D'ESCLAVES...
BUMMM
... ME COIFFER LES CHEVEUX POUR L'ÉTERNITÉ !
SUFFISAMENT NOMBREUX POUR...
JE NE DEMANDAIS PAS GRAND-CHOSE...
ALORS POURQUOI FAUT-IL TOUJOURS TOUT COMPLIQUER ?
CHWiiiNG

JE VAIS T'AVOUER QUELQUE CHOSE, ARMAND-LOUIS !
NOUS, LES DÉMONS, N'AVONS QU'UN POINT FAIBLE !
KRHHHH
KRHHHH
KRHHHH
C'EST NOTRE PAROLE !
KRHHHHH
À PARTIR DU MOMENT OÙ NOUS LA DONNONS, NOUS LA TENONS QUOI QU'IL ARRIVE !
ET VOIS-TU ARMAND-LOUIS, JE VAIS TE PROMETTRE QUELQUE CHOSE !

OMBRAGE SE DÉFOULA DE NOMBREUSES HEURES SUR ARMAND-LOUIS...
KRHHHH
C'EST QUE TU VAS SOUFFRIR AVANT DE MOURIR !
ELLE CONTINUA MÊME LORSQU'ELLE LE CRUT MORT !
ET QUAND ELLE EUT FINI...
SES GOULES JETÈRENT SON CORPS DANS LA FORÊT, EN PÂTURE AUX MULOUS !!!

CHAPiTRE 49
PRiNCESSE MUMU MULOU

CHEZ BICARGO
CLOSE for day
... ET SES GOULES JETÈRENT SON CORPS DANS LA FORÊT, EN PÂTURE AUX MULOUS !
LA PLA AUX OGI
ET APRÈS ? SI T'ES LÀ, C'EST QU'IL EST PAS MORT À CE MOMENT-LÀ, L'ARMAND-LOUIS !
CHHHHHHHHHHHHHHHHHHHHHHHHHH
BIEN VU...
CE QUI S'EST PASSÉ ENSUITE EST ENTRÉ DANS LA LÉGENDE.

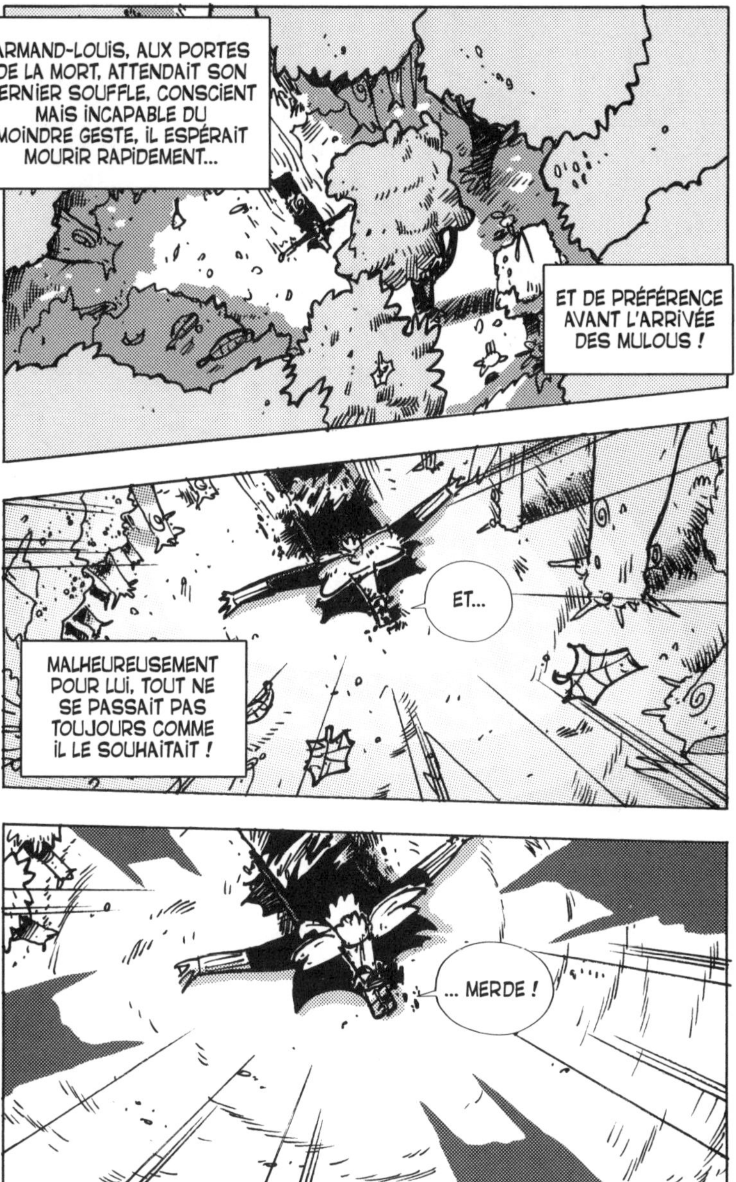
ARMAND-LOUIS, AUX PORTES DE LA MORT, ATTENDAIT SON DERNIER SOUFFLE, CONSCIENT MAIS INCAPABLE DU MOINDRE GESTE, IL ESPÉRAIT MOURIR RAPIDEMENT...
ET DE PRÉFÉRENCE AVANT L'ARRIVÉE DES MULOUS !
ET...
MALHEUREUSEMENT POUR LUI, TOUT NE SE PASSAIT PAS TOUJOURS COMME IL LE SOUHAITAIT !
... MERDE !

GRRRRRRRRRRRRRRR
GNAP
ALLEZ-Y, RÉGALEZ-VOUS LES AMIS, MAIS ESSAYEZ DE FAIRE VITE... S'IL VOUS PLAÎT...

CHROK
ARRÊTEZ ÇA TOUT DE SUITE !
MAIS C'EST PAS VRAI ÇA...
MIAM !
MIAM !
À CROIRE QUE MON PÈRE AVAIT UNE BONNE ÉTOILE CAR C'EST CE JOUR-LÀ QU'IL RENCONTRA LA FEMME QUI ALLAIT DEVENIR MA MÈRE...
... VOUS ÊTES PIRES QUE DES BÊTES !
LA PRINCESSE MUMU MULOU.

VOUS CREVEZ LA DALLE AU POINT D'EN ÊTRE RÉDUITS À MANGER DES TRUCS PAS FRAIS ?
PARFOIS, VOUS ME FAITES HONTE MES AMIS !
POUR LEUR DÉFENSE, JE NE SUIS PAS AUSSI FAISANDÉ QUE J'EN AI L'AIR...
ZAM
ZBONK
ZBONK

ÇA VA, C'EST PAS LA PEINE DE FLIPPER COMME ÇA...
JE NE SUIS PAS EN ÉTAT DE FAIRE GRAND-CHOSE !
JE DÉTESTE LES HUMAINS !
ILS SONT MAUVAIS ET FOURBES... ILS NE MÉRITENT PAS DE VIVRE !!!
POURQUOI FERAIS-TU EXCEPTION À LA RÈGLE ?
SHHHHHHHHHHHH

JE NE SAIS PAS...
PARCE QUE JE SUIS BON ET HONNÊTE !
ET UN PEU PRÉTENTIEUX AUSSI !
snif snif
MAIS TOUT CE QUE TU ME DIS, ON PEUT LE VÉRIFIER ...
MÉRITES-TU DE VIVRE OU DE MOURIR ?
POSONS LA QUESTION AU PLUS SAGE D'ENTRE NOUS !

GARGALOU, VIENS À NOUS !!!
ALLEZ VIENS, N'AIE PAS PEUR !
FWAP
DIS-MOI GARGALOU, CET HUMAIN MÉRITE-T-IL DE VIVRE ?

snif
snif
snif
snif
snif
ÇA VA, FAUT PAS SE GÊNER !!!
snif
snif
snif
snif

AAAH !
ESPÈCE DE SALOPARD, SI JE POUVAIS BOUGER JE TE...
CHWIIING
DU CALME !!!
ACK
C'EST UN GRAND HONNEUR QUE T'A FAIT GARGALOU !!!
C'EST LA PREUVE QU'IL RESPECTE TON ÂME !!!
TU TE FOUS DE MA GUEULE, IL VIENT DE ME PISSER...
... DESSUS !
CHHHHHHHHH

LORSQU'IL REPRIT CONNAISSANCE, L'HORRIBLE DOULEUR QUI ENGOURDISSAIT SON CORPS LUI FIT COMPRENDRE QU'IL N'ÉTAIT PAS MORT !

PENDANT SEPT JOURS ET SEPT LUNES, MUMU AVAIT PRIS SOIN DE LUI.
ÇA Y EST, ON SE RÉVEILLE ?
ELLE AVAIT SOIGNÉ SES BLESSURES ET LUI AVAIT FAIT SA TOILETTE.
RRGH !
QU'EST-CE QUE...
C'EST QUOI CETTE TENUE ?
JE L'AI FAITE EXPRÈS POUR TOI !
TES ANCIENS VÊTEMENTS ÉTAIENT IMPRÉGNÉS DE SANG, J'AI DÛ LES JETER... ILS RENDAIENT FOUS LES MULOUS !

AVEC ÇA DANS LA MAISON ILS AURAIENT FINI PAR TE BOUFFER !
QUOI, TU CHIALES ?
TU Y TENAIS TANT QUE ÇA À TES VIEILLES FRINGUES ?
snif
NON...
C'EST JUSTE QUE C'EST LA PREMIÈRE FOIS QU'ON S'OCCUPE DE MOI !
WHRAM
QUI QUE VOUS SOYEZ, JE VOUS REMERCIE !
JE M'APPELLE ARMAND-LOUIS !

MUMU
MULOU !
HEUREUSE
DE T'AVOIR
SAUVÉ,
ARMAND-
LOUIS !
FWAP
RESTE ICI
TOUT LE TEMPS
QU'IL TE PLAIRA,
C'EST RARE QUE
MES MULOUS
ACCEPTENT
UN AUTRE
HUMAIN...
SNIF
SNIF
MERCI
...
SNIF
SNIF

ARMAND-LOUIS ÉTAIT HEUREUX...
... MAIS IL N'OUBLIAIT PAS SES OBLIGATIONS !
PENDANT SA CONVALESCENCE, IL S'INFLIGEA UN TERRIBLE ENTRAÎNEMENT POUR LE RENDRE PLUS FORT !
SHHHHHHHHHHHH
MALGRÉ SES BLESSURES, IL NE RECULAIT DEVANT AUCUN EFFORT !

L'ENTRAÎNEMENT ÉTAIT DUR, MAIS IL FALLAIT QU'IL SOIT AU TOP POUR AFFRONTER OMBRAGE !
KRIIIIIIIII
ZDAM
FIRT
FIRT
FIRT
WIIIISH
WIIIISH
CLAP
CLAP
CLAP
CLAP

PUIS UN JOUR, IL FUT PRÊT !
ALORS ÇA Y EST, TU NOUS QUITTES ?
À CONTRE-CŒUR MUMU...
RIEN NE T'Y OBLIGE POURTANT !
TU SAIS BIEN QUE SI...

COMMENT POURRAIS-JE ÊTRE DIGNE D'ÉPOUSER UNE FEMME COMME TOI SI JE FUIS MES OBLIGATIONS ?
M'ÉPOUSER ? UNE... UNE FEMME COMME MOI ?
SMAK

TiENS, PRENDS ÇA, ARMAND-LOUiS.
TiNG
UNE BAGUE ?!
ELLE APPARTENAiT À MON PÈRE, C'EST UN GAGE DE MON AMOUR...

C'EST AINSI QU'ARMAND-LOUIS RETOURNA VERS SON VILLAGE AVEC POUR AMBITION DE PRENDRE UNE BELLE REVANCHE !
HUUAARRR
LES MULOUS HURLÈRENT LONGTEMPS APRÈS SON DÉPART !
IL LES ENTENDAIT ENCORE LORSQU'IL TRAVERSA LA FORÊT.
CE N'EST QU'EN ARRIVANT EN VUE DE SON VILLAGE QUE LES HURLEMENTS CESSÈRENT...
... OU PLUTÔT QUE TOUS LES BRUITS CESSÈRENT !

L'ENTRÉE DANS LE VILLAGE SE FIT SANS ENCOMBRES.
ARMAND-LOUIS EUT TOUT LE LOISIR DE LAISSER QUELQUES CADEAUX UN PEU PARTOUT !
IL TRAVAILLA CONSCIENCIEUSEMENT PENDANT PLUSIEURS HEURES...
SANS SE RENDRE COMPTE QUE LA NUIT TOMBAIT...

ET QU'AVEC ELLE SURVENAIT UN LOT DE PROBLÈMES...
KRiiiiiiii
KRiiiiii
KRiiiiiiii

MAIS ARMAND-LOUIS ÉTAIT PRÊT !
JE M'APPELLE ARMAND-LOUIS ET JE SUIS PRÊT !

OUI, C'EST ÇA MES PETITS ESCLAVES, TRAVAILLEZ MA CHEVELURE...
FRRRR
FRRRR
FRRRR
... BROSSEZ-MOI DANS LE SENS DU POIL !
BOM
MAIS...
BOOOMM
QU'EST-CE QUE C'EST QUE CE VACARME ?

BOOM
BAM
PAF
NON, C'EST IMPOSSIBLE...
WHOK
... C'EST LUI...
ARMAND-LOUIS !!!
EN CHAIR ET EN OS, MA CHÈRE OMBRAGE !!!

COMMENT PEUX-TU ÊTRE LÀ ? AUCUN HUMAIN N'AURAIT PU SURVIVRE AUX BLESSURES QUE JE T'AI INFLIGÉES !
BAM
JE REVIENS DU CIEL POUR TE DONNER UNE PUNITION DIVINE !
GROSSE BITCH !
PARCE QUE TU CROIS QUE JE VAIS GOBER CES SALADES ?!
JE NE SAIS PAS PAR QUELLE MAGIE TU AS PU T'EN TIRER, MAIS CROIS-MOI...

TU NE RENOUVELLERAS PAS DEUX FOIS CET EXPLOIT !
BKAAM
POF
POF
POF
CHHHHHHHHHH
COURS, MAUDITE VERMINE, TU NE FAIS QUE RETARDER L'INÉLUCTABLE !

FWAP
TIP TIP TIP
KRRR

MOOOOOOOO

TOM
TOM
TAP
TAP
TAP
TE VOILÀ PRIS AU PIÈGE ARMAND-LOUIS !

AS-TU UNE DERNIÈRE VOLONTÉ AVANT QUE JE NE T'ÉCORCHE VIVANT ?
PUISQUE TU EN PARLES...
JE ME FERAIS UN PLAISIR DE TE COUPER QUELQUES TIFS !
PETIT BOUFFON !
TOUT CE QUE TU VERRAS DE MES CHEVEUX, C'EST LA MÈCHE QUI ÉCRASERA TON PETIT COU !
HIIIM

LES CLINS D'ŒIL DE DOFUS

LA RUBRIQUE QUI VA VOUS AIDER À RETROUVER TOUTES NOS ALLUSIONS CACHÉES DANS LE MANGA. PRÊTS ? PARTEZ !

UN CLIN D'ŒIL AU CHANTEUR DE TOKIO HOTEL, UN GROUPE À LA MODE À L'ÉPOQUE DU TOME 8. VU QU'ON ENTENDAIT SOUVENT PARLER D'EUX, ILS Y ONT DROIT ;)

Tome 8 / Page 93 / Case 2

HAAA, UN PETIT CLIN D'ŒIL À PIRATES DES CARAÏBES (QUE J'ADORE, J'ATTENDS LE QUATRE AVEC IMPATIENCE EN ESPÉRANT QU'IL SOIT BIEN ^^)
AVEC L'ARMÉE DES ZOMBIES, DONT UN QUI FAIT TRÈS PENSER À L'ÉQUIPAGE DE BARBOSSA !

Tome 9 / Page 170 / Case 2

QUAND SILAR S'ÉNERVE À LA FIN DU TOME 9, IL SE PREND LE TEMPS D'UNE CASE POUR LE GRAND CONDOR DES CITÉS D'OR (ENFIN SURTOUT SES BRAS !) TRÈS CURIEUX, N'EST-CE PAS ?! ^^

Tome 9 / Page 175 / Case 1

CHAPiTRE 50
LE RÉCEPTACLE

RHHHHH
APPRÊTE-TOI À SOUFFRIR !
CHROK

HAHAHA !!
LA PEUR TE REND FOU, ARMAND-LOUIS !!!
HRRK
PAS VRAIMENT, NON !
JE RIS CAR JE N'AURAIS JAMAIS CRU QUE TU TOMBERAIS DANS UN PIÈGE AUSSI STUPIDE !
THUD

SHHHHHHH
MES CHEVEUX !!!
K-RR

STOMP
NOOON !
TGGGGGG
TGGGGGGG
QU'EST-CE QUE TU AS FAIT ?
KRIIIIIIIIIIIIIN
MES... MES CHEVEUX... TU...

TU M'AS TOUT EMMÊLÉE !
KRRR
KRRR
KRRR

COMMENT AS-TU OSÉ ?
SALE PETITE LARVE, JE TE MAUDIS TOI ET LES TIENS ! ATTENDS QUE JE ME SORTE DE LÀ ...
ZONG
QUEL VILAIN LANGAGE !!!
ZWIII
TU NE MÉRITES PAS D'AVOIR UNE SI BELLE CHEVELURE !

JE M'EN VAIS TE RACCOURCIR TOUT ÇA POUR T'APPRENDRE LA POLITESSE !
CHWIIING
FWAP
NOOON...
ARRÊTE, PAR PITIÉ...
LES PETITES MÈCHES SONT FACILES À COUPER...

NON !!!
ARRÊTE !!!
MES CHEVEUX !
WHDO!
ARRÊTE, TU AS GAGNÉ... JE FERAI TOUT CE QUE TU VOUDRAS !
VRAiMENT ?

ALORS, TU VAS TE LIER À CET OBJET !
TU RENTRES DEDANS...
ET TU ME PROMETS DE NE JAMAIS EN SORTIR SANS QUE JE NE T'Y AUTORISE !!!
SHHHHHHHHHHHHH
PAUVRE FOU, QU'EST-CE QUI TE FAIT CROIRE QUE J'AI CES POUVOIRS ?
ATTENDS !! QU'EST-CE QUI TE FAIT CROIRE QUE JE VAIS TENIR PAROLE ?

JE VAIS T'AVOUER QUELQUE CHOSE, ARMAND-LOUIS !
NOUS, LES DÉMONS, N'AVONS QU'UN POINT FAIBLE !
KRHHHH
KRHHHH
KRHHHH
C'EST NOTRE PAROLE !
KRHHHH
À PARTIR DU MOMENT OÙ NOUS LA DONNONS, NOUS LA TENONS QUOI QU'IL ARRIVE !

TU DOIS TE TROUVER TRÈS MALIN, ARMAND-LOUIS !!!
MAIS ÇA NE VA PAS TE MENER TRÈS LOIN... TU NE SAIS PAS CE QUI T'ATTEND !!!
CHWIIIING
RRGH!!
SI TU N'ES PAS RENTRÉE LÀ-DEDANS DANS LES TROIS SECONDES QUI VIENNENT, TU AURAS DE RÉELLES RAISONS DE ME MAUDIRE !

VIENDRA UN JOUR OÙ JE ME VENGERAI, ARMAND-LOUIS !
RESTE BIEN SUR TES GARDES !!

WHOK
ÇA RISQUE D'ARRIVER PLUS VITE QUE TU NE LE PENSES !

ARMAND-LOUIS PASSA DE NOMBREUSES HEURES À DÉTACHER TOUS LES NŒUDS DE LA CHEVELURE D'OMBRAGE.
MIIIING

CHHHHHHHHHHHHHHHHHHHHHHHH
ET LORSQU'IL EUT COMPLÈTEMENT TERMINÉ...
MOONG
MAIS IL PRIT SON TEMPS, IL SAVOURAIT SA VICTOIRE !!!

... TOUS LES VILLAGEOIS FURENT LIBÉRÉS !!

FWAP
FWAP
LE VILLAGE REPRIT VITE SES COULEURS !

LA BRUME SE DISSIPA ...

ET LES HABITANTS RETROUVÈRENT RAPIDEMENT LEURS BONNES HABITUDES !
NOM D'UN BWORK, J'AI LE DOS EN COMPOTE !
MOI AUSSI, IL EST OÙ ARMAND-LOUIS ? IL CROIT QU'ON VA SE MASSER TOUT SEUL PEUT-ÊTRE ?
JE SUIS LÀ ! DÉSOLÉ DU RETARD, J'ÉTAIS JUSTE EN TRAIN DE SAUVER LE VILLAGE !
OUAIS, BEN ÇA A PAS DÛ TE PRENDRE DES HEURES...
TIP TOP TAP
TAP TAP
ON A BESOIN DE TOI PAR ICI...
FAUT LAVER LE LINGE...
PRÉPARER À MANGER...

NON MAIS JE RÊVE ?
ZWIiii
MUMU !!
C'EST QUI CELLE-LÀ ?
ALORS TU T'EN ES SORTI, MON AMOUR ?
TU EN AS DOUTÉ ?
SMAK

SUPER, IL S'EST TROUVÉ UNE GROSSE !!
ILS VONT POUVOIR EN FAIRE PLUS À DEUX !
QUOI ?!
PARCE QUE J'AI LA TÊTE DE QUELQU'UN QUI VA LAVER VOS SLIPS PEUT-ÊTRE ?
CHHHHHHHHHHHHHHHHHHHHHHHHH

À PARTIR DE MAINTENANT, Y A DES CHOSES QUI VONT CHANGER ICI !
SHHHHHHHHHHHH
WHAK
VOUS ALLEZ VOUS PRENDRE EN MAIN ET ARRÊTER DE PRENDRE MON ARMAND-LOUIS POUR VOTRE LARBIN !
NON MAIS POUR QUI ELLE SE PREND CELLE-LÀ ?
JE SAIS PAS, MAIS ELLE RÊVE !

JE ME PRENDS POUR UNE NANA QUI COMMANDE UNE ARMÉE DE MULOUS...

KRMMM
KRMMM
KRMMM
ET CROYEZ-MOI, ILS ONT FAIM !

BON, J'AI UNE LESSIVE À FAIRE, MOI !
SHHHHHHHHHHHH !!
MOOOOOOOOO
ET MOI, UN CHAMP À LABOURER.

ET VOUS N'OUBLIEREZ PAS DE VOUS OCCUPER DU LINGE DE MON HOMME...
... VOUS LUI DEVEZ BIEN ÇA !

MUMU... T'ES MON HÉROÏNE !
ZWIII

iLS SE MARiÈRENT,
ET EURENT
UN ENFANT...
WUUUU
BISON
HOME
OUAiiiS
iii
iii

CHHH
KLING
KLONG
YiHAA

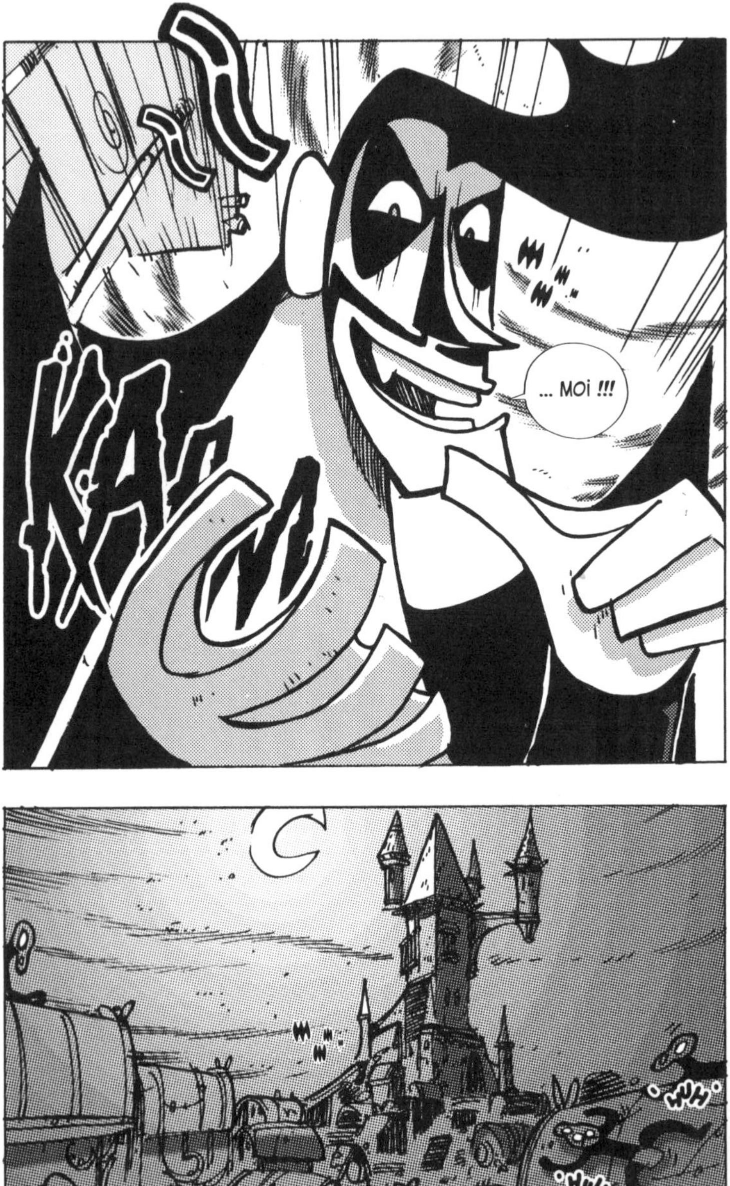
KA
... MOi !!!
HUH
HUHU

SYMPA TON HISTOIRE !
ET C'EST COOL, ELLE SE FINIT PLUTÔT BIEN !!!
OUI, L'HISTOIRE DE MES PARENTS SE FINIT BIEN...
... MAIS LA NÔTRE COMMENCE MAL CAR...
... OMBRAGE S'EST ÉCHAPPÉE À NOUVEAU, ET ELLE N'EST PAS CONTENTE...
FIN DU TOME 10

AMaKnA EaRTH
OUi, C'EST VRAi QU'ON COMPRENAiT RiEN À LA VERSiON BUGUÉE DE LA CARTE DU 9 ! ALLEZ ON REMET ÇA ! ^^
La statue en forme de poisson
Le château familial
Le mulou solitaire

La dimension des démons
La bat-cave d'Isletat qu'il n'a jamais utilisée
Mulou Landrive
TCHAO LA COMPAGNIE, J'ESPÈRE VOUS RETROUVER DANS DEUX MOIS ET DEMI POUR AFFRONTER MON DESTIN !

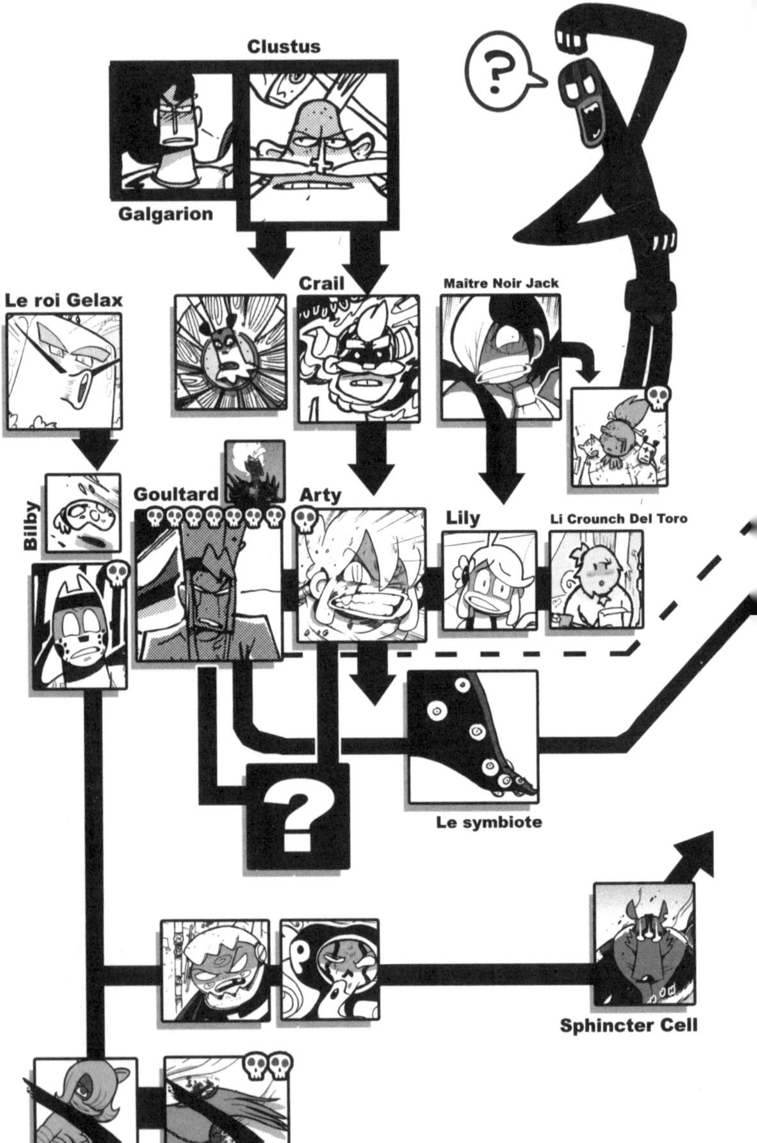
Clustus
?
Galgarion
Crail
Maître Noir Jack
Le roi Gelax
Goultard
Arty
Bilby
Lily
Li Crounch Del Toro
?
Le symbiote
Sphincter Cell
Ulette
Homard Chérif

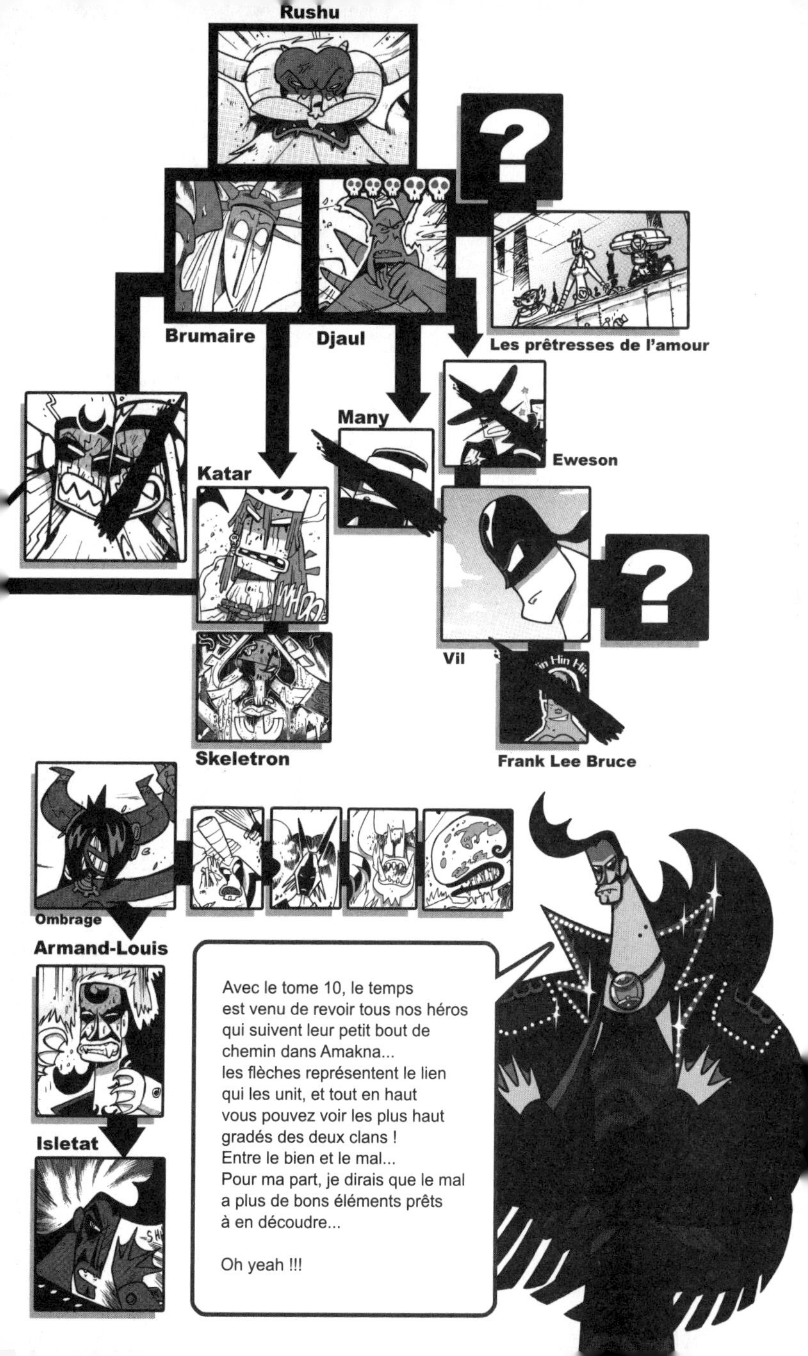
Rushu
Brumaire
Djaul
Les prêtresses de l'amour
Many
Eweson
Katar
Vil
Skeletron
Frank Lee Bruce
Ombrage
Armand-Louis
Isletat
Avec le tome 10, le temps
est venu de revoir tous nos héros
qui suivent leur petit bout de
chemin dans Amakna...
les flèches représentent le lien
qui les unit, et tout en haut
vous pouvez voir les plus haut
gradés des deux clans !
Entre le bien et le mal...
Pour ma part, je dirais que le mal
a plus de bons éléments prêts
à en découdre...
Oh yeah !!!

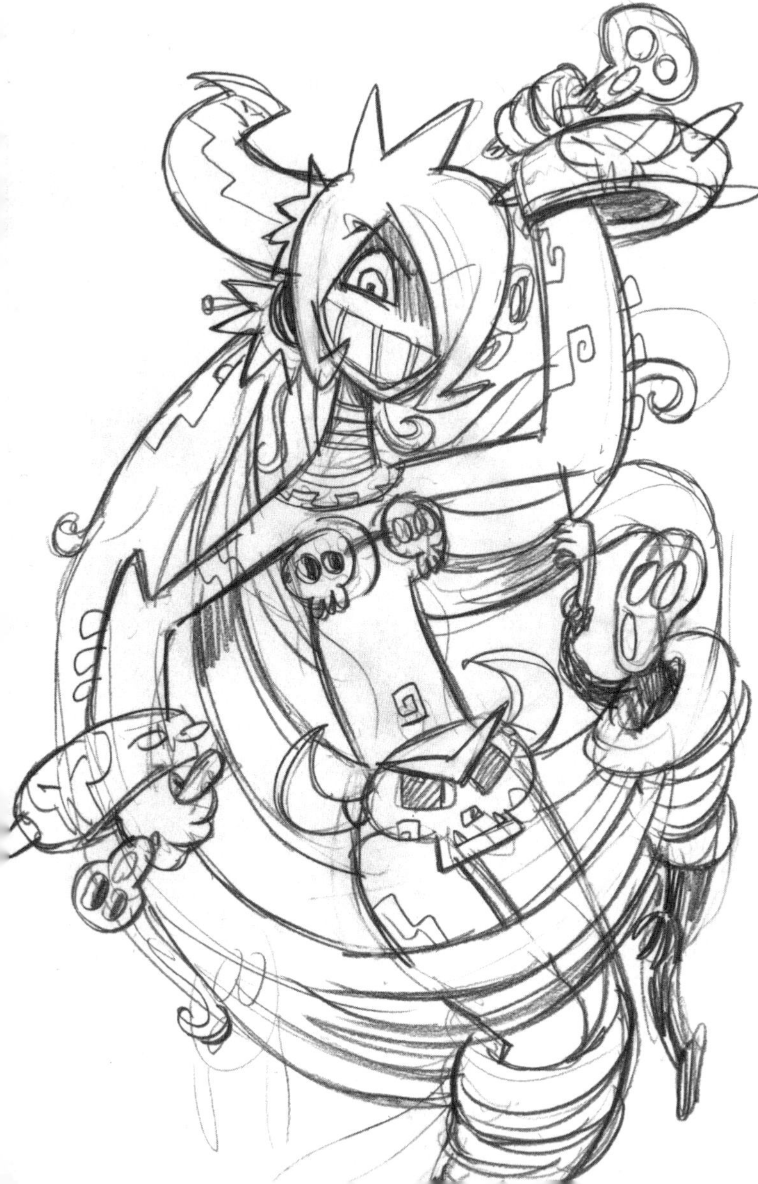

official
DRACULA
Délire of Quality

PAULO GAUDIO
MADE IN ITALY.

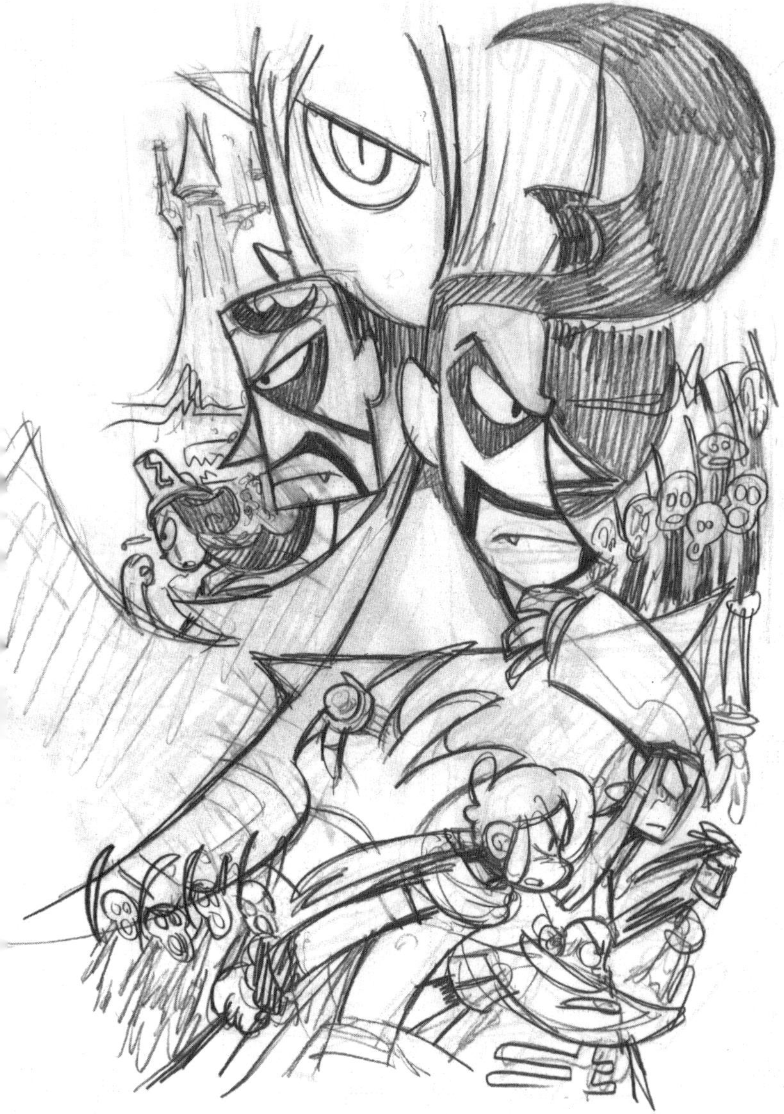

CONCOURS DE DESSIN DOFUS

Dessin de Mementomori

Dessin de Christelle Fraysse

Dessin de Steve Lalieux

Dessin de Matthieu Poiré

Dessin de Gorobei

Dessin de Vince

Dessin de Méli

Dessin de Hiko

Dessin de KibanoSeB

Dessin de Rouna

BONUS

ILLUSTRATIONS

DOFUS
2008
by
WALDER
WALDER @ WWW.WALDERWORLD.CH

Dessin de Floriane Grivillier

Dessin de Hyuna

Dessin de Matthieu Trabut

Dessin de Toshy

Dessin de Crounchann

Dessin de Kuri

TOME 11 : "OMBRAGE ET LUMIÈRE"

Warning : ce manga n'est pas un sens interdit !

HAAA.. GOLDEN AXE !
HAAA GEAR OF WARS 2 !
VRRRRRR
POUR
BONNE PARTIE À TOUS LES GAMERS DE LA TERRE !
2009
... ET C'EST REPARTI ! POUR UNE ANNÉE DE FOLIE, AVEC DES SUITES, DES NOUVEAUTÉS EN PRÉPARATION, ET SANS OUBLIER LES BONNES RÉSOLUTIONS DE LA NOUVELLE ANNÉE... VOUS AVEZ PRÉVU QUOI ? ALLEZ, DEMAIN J'ARRÊTE DE...
MMM... OU QUOIQUE...
BYYE BONNE ANNÉE TOUT LE MONDE !
... EN ROUTE POUR LA SUITE !

DOFUS

Par **Anthony Roux** (1),
Vincent Deruyck (2) et **Joachim Leclercq** (3)

75, bd d'Armentières
BP 60403 59100 Roubaix cedex 1

www.ankama-editions.com
www.manga-dofus.com

ISBN (version classique) : 978-2-916739-56-4
ISBN (version collector) : 978-2-916739-79-3
Prix : 6,40 €
Dépôt légal : janvier 2009
Tirage n°2 : octobre 2009

Imprimé par Hérissey-CPI à Évreux